Frankie's Magic Football

球衣8号

兰帕德少年足球小说系列

第二辑

BINGXUE BEIJI DE
LIWU ZHENGDUO

冰雪北极的礼物争夺

[英] 弗兰克·兰帕德 著
乐乐张 译

GUANGXI NORMAL UNIVERSITY PRESS
广西师范大学出版社
·桂林·

出版统筹：施东毅
品牌总监：耿　磊
责任编辑：李茂军
助理编辑：陈显英　王芝楠
美术编辑：刘冬敏
版权联络：郭晓晨
营销编辑：杜文心
责任技编：李春林
First published in Great Britain in 2014 by Little Brown Books for Young Readers

著作权合同登记号桂图登字：20-2015-257 号

图书在版编目（CIP）数据

冰雪北极的礼物争夺 /（英）弗兰克·兰帕德著；乐乐张译．—桂林：广西师范大学出版社，2018.5
（球衣 8 号兰帕德少年足球小说系列．第二辑）
书名原文：Frankie Saves Christmas
ISBN 978-7-5598-0736-6

Ⅰ．①冰… Ⅱ．①弗…②乐… Ⅲ．①儿童小说－中篇小说－英国－现代 Ⅳ．①I561.84

中国版本图书馆 CIP 数据核字（2018）第 051850 号

广西师范大学出版社出版发行
（广西桂林市五里店路 9 号　邮政编码：541004
网址：http://www.bbtpress.com）
出版人：张艺兵
全国新华书店经销
广西广大印务有限责任公司印刷
（桂林市临桂区秧塘工业园西城大道北侧广西师范大学出版社集团有限公司创意产业园内　邮政编码：541100）
开本：880 mm × 1 240 mm　1/32
印张：3.75　　字数：46 千字
2018 年 5 月第 1 版　　2018 年 5 月第 1 次印刷
印数：0 001~6 000 册　　定价：24. 50 元

谨以此书献给我最亲爱的母亲帕特夫人。感谢她当年在我只顾踢足球的时候，提醒我写作业，感谢她陪我走过人生的点点滴滴。

——弗兰克·兰帕德

序 言

很高兴我的足球小说在中国出版。这是一种奇妙的缘分，因为这套小说中，有一本我专门写到了中国！我曾经到过中国，见到了无数可爱的球迷，切身体会过他们对我的支持，我希望很快能够再次拜访中国。

我从小就喜欢踢球，这和我的家庭有很大关系，我爸爸是名足球运动员，我童年最快乐的时光就是和他在后院踢球，他教了我不少踢球的秘诀。当然了，想要成为一名职业足球运动员，光是热爱足球还远远不够，还得接受各种严格的训练。但正是因为热爱，即使再严苛的训练，我也乐在其中。

在球场上，我曾经攻破过许多球队的大门。很多人曾问我进球的秘诀是什么？我的回答就是：不断地练习。就是这么简单。想要踢进一个球，靠的可不只是运气，还需要良好的体能、娴熟的技术，还有最重要

的——灵活的大脑。而想要达到这些标准，你需要不断地练习，练习，再练习，直到迎来进球的那一刻。我自认不是天才型的球员，所以，我从来不会放弃最基础的足球训练，这就是我进球的秘诀。

中国是一个伟大的国度，我知道在那里有很多喜爱足球运动的孩子，也像我小时候一样，每天踢足球，看球赛，买足球杂志，甚至会搂着足球睡觉。我也知道，不少家长反对孩子过多地踢球（因为他们觉得会影响功课），但是我相信足球能够带给孩子课堂上学不到的东西，那就是面对困难的勇气、团队合作的精神以及进球那一刻的喜悦。

我现在是两个女儿的父亲，每天夜里，我会在她们入睡前陪她们一起阅读，希望她们能够从故事中获得勇气和信心。就像我在书中创造的弗兰克足球队一样，他们遇到各种各样奇怪的足球队，有骑士、海盗、木乃伊等历史或神话人物，也能看到很多奇怪的动植物，但正是足够的勇气和信心，让他们一次次战胜强大的对手，并且让友谊更加坚定！

另外，每本书中都加入了关于足球的知识，包括足球的历史、规则、技术等等，可以让你更加深入地了解足球这项运动。鉴于每个人喜好不同，有人喜欢在前场冲锋陷阵，有人喜欢在后场运筹帷幄，所以，从这些足球知识中，每个人都可以学到自己感兴趣的东西。而从你翻开这本书的第一刻起，你就是弗兰克足球队的一员了，兰帕德叔叔将成为你最给力的教练！

开球吧！少年！

弗兰克 · 兰帕德

目录
CONTENTS

★ ★ ★ ★ ★

欢迎来到“魔法足球大联盟”的奇妙世界！这里有全世界顶级的足球联赛！你还在等什么？

想要加入“魔法足球大联盟”？首先，你要组建一支属于自己的球队。注意，这种级别的赛事可不是在公园里踢着玩的那种，你的对手是来自世界各地的强队，比赛场地也是世界闻名的“大球场”。

现在，哨声即将响起，大伙儿系紧鞋带，众志成城，拿出你们的最高水平！祝你们好运！

——主裁判

第一章

飞来驯鹿

弗兰克坐在桌前，看着桌上一封写给圣诞老人的信，无聊地咬着笔头。今天是圣诞夜的前一天，他准备和好朋友查理、露易丝一起玩个通宵。这不，三个人围坐在桌前，正列着各自梦想在圣诞夜收到的礼物清单。

爸爸和妈妈在一旁看电视，壁炉里的柴火烧得正旺，噼啪作响，火焰的光芒照射在圣诞树的装饰品上，

亮晶晶的，弗兰克享受着一年中最幸福的时刻。

“怎么写啊？”他对查理和露易丝说，“你们都写了点啥？”

查理掀起他手中的信纸，上面潦草地涂写了一片。“来一副新守门员手套！”查理说着，给弗兰克看了看手上戴着的旧手套，“你看，都破成什么样了。”

“谁让你自己不换新的。”露易丝插了一句。

“最好的守门员，总是时刻准备着！”这句话查理已经说了上千遍了。

“也许吧，”弗兰克说，“我只希望圣诞老人能看得懂你写的是什么。”

突然，弗兰克灵光一现，寥寥几笔写下了自己的愿望：

如果可能的话，请给我一双足球鞋（13码，最好是红色）。

小麦趴在壁炉前的地毯上呜呜地叫了几声。

弗兰克又在清单上补充道：

给小麦一根骨头。

露易丝皱着眉头说：“不知道这东西怎么这么难写，去年我想要一件新球衣，却收到一条黄色的连衣裙！”

查理问：“那你今年写了什么？”

一件新球衣（不要连衣裙）。

“嘿，小孩儿。”未见其人，先闻其声，凯文从厨房里闯进来。

弗兰克问：“找到我的足球了吗？”几天前，本来在衣柜里放着的足球莫名其妙地不见了。

凯文皱着眉头说：“我说过了，我没有碰过你的

足球。”

“你们两个小声点。”弗兰克的爸爸转过头来说。

弗兰克总能看出他的兄弟是否在说谎，因为凯文说谎的时候从来不敢直视他的双眼。他靠在桌子上，压低声音，好让爸妈听不到他们的对话：“你知道，那可是一个魔法足球，丢了会带来麻烦的。说真的，你到底把它放哪儿了？”

凯文耸耸肩，把目光落在他们三个的圣诞礼物清单上，眼睛骨碌碌转了转，说：“世界上哪儿有什么圣诞老人啊！”

“凯文，一边玩去！”妈妈说。

“小孩子才相信有圣诞老人。我是说，你们写好了信，交给谁呢？两天前邮局就开始放假了。”

他说得没错，查理和露易丝看起来有点担心。

“告诉你们，”凯文说，“写给圣诞老人的信要用特殊邮寄渠道！他会从烟囱钻进家里，那时候我们就给他清单！”

在弗兰克阻止之前，他就扑上来把三个人的清单揉成团，又用力揉搓了几下，拉开壁炉门，将手中的纸团扔进了火光中。

“不！”弗兰克眼睁睁地看着纸团变黑、变形，最后化作一团灰烬。他怒视着自己的哥哥，发现爸爸正在看着他们。

“发生了什么事？”爸爸问。

弗兰克指着壁炉说：“凯文烧了我们的圣诞礼物清单。”

“你胡说！”凯文说。

“这么做可不好，”爸爸大声说，“立刻回屋去，凯文！”

凯文迈着大步回屋了，弗兰克只能无奈地看着黑烟从烟囱飘了出去。

“圣诞老人是真的吧，爸爸？”

“当然是真的。”爸爸说，“还记得去年圣诞节的时候，当时剩下的馅饼无故失踪，肯定有人吃掉了它。”

“是你吃的！”准备上楼的凯文说。

爸爸耸了耸肩，尴尬地说：“怎么会是我？再说了，你们几个都钻进被窝里睡着了，有谁看见了？”

楼上传来凯文充满怀疑的嘲笑声，爸爸冲弗兰克眨了眨眼，说：“为什么不在电脑上列出你的圣诞礼物清单？发一封电子邮件给圣诞老人不就行了吗？”

弗兰克笑了，说：“圣诞老人能收电子邮件？”

“当然了，”爸爸说，“圣诞老人也是紧跟时代潮流的。”

深夜，大家聚在弗兰克的卧室里，查理和露易丝躺在充气床上昏昏欲睡。查理身穿印着大幅航天火箭和宇宙飞船图画的睡衣，戴着手套的双手扣在被子上。露易丝的睡袋则刚好盖到了鼻子下方，耳朵基本上被遮盖，她说这样可以有效防止查理呼噜声的干扰。

弗兰克翻来覆去睡不着，因为他的魔法足球还在凯文手上，他们几个随时可能遇到麻烦。魔法足球可以打开通向其他世界的传送门，如果落到坏人手上，或者落到凯文手上，后果不堪设想。

但是他不敢告诉爸妈，因为他们永远不会相信他说的话。他决定第二天早上和朋友们对房子做一次彻底的搜查，从上到下，不留死角。“魔法足球一定藏在某个地方。”他自言自语道。

说完他翻过身，拉紧羽绒被，这时他听到了什么声音。

听起来像是轻轻的敲打声，就在窗户前的某个地方。他从床上坐起来，轻轻拉开窗帘一角，外面是清朗的夜，月光洒向花园。

一束月光照进房间，查理和露易丝因此挪动了一下。

“天亮了啊？”查理喃喃自语。

“没有，”弗兰克低声说，“我听到某种声音，仅此而已。”

露易丝从睡袋中探出头，拨开眼前凌乱的头发，说：“你在做梦吧。快把窗帘拉上。”

弗兰克正要拉上窗帘，却再次听到了那个声音。这一次声音更大，砰砰砰！

声音肯定是从附近某个地方传来的。弗兰克还觉察到一丝异样，圣诞雪球静静地放在窗台上，月光下，微小的雪花在空中旋转着，通常情况下，他必须用力转动圣诞雪球才能达到这种效果。

“快来看！”

露易丝和查理爬上弗兰克的床，凝视着窗外的玻璃雪球。雪球里面是一个模型城堡，除了雪花外，另一个东西也在移动。

弗兰克心跳突然加速，因为就在他眼前的玻璃雪球中，出现了一个穿绿色衣服的小人，一边敲着雪球，一边用力向他挥手。

“他在传达什么信息，”露易丝说，“他想告诉我们什么。”

一层薄雾出现在玻璃雪球的内部，那个小人摘掉手套，在表层用手指写着什么，看起来像几个很大的字母。弗兰克和他的朋友们屏住呼吸，这时，玻璃雪球内部出现了“ou”两个字母。

“是 outside！”露易丝尖叫着。

“他一定超级聪明，”弗兰克兴奋地说，“因为他是在里面写字，需要把方向调转过来，才能让外面的人读懂。”

这时，小人把手套戴好，猛地指了指窗户。

弗兰克看着他的朋友们，说：“现在明白了，他是要让我们出去！”

“现在？”查理打了个寒战。

弗兰克跳下床，穿上外套，说：“多穿点，赶紧出发，雪球中的小人给我们发信号，这事儿一定不简单！”

查理和露易丝互相看了看，点了点头，直接将毛衣套在睡衣上跳下床。咯吱一声，弗兰克轻轻打开卧室门，伸出头向外张望。他哥哥的卧室门开着一条缝，里面黑漆漆一片。他们一定不能吵醒凯文。

弗兰克将手指放在嘴唇上，示意大家小心行动。他们来到楼梯口，踮着脚尖向下走。经过倒数第四级台阶时弗兰克特别小心，因为他清楚地记得那级台阶踩上去会发出声响。其他人跟着弗兰克小心翼翼地下了楼。

小麦还在壁炉的余烬旁取暖，听到有动静，一下子蹦了起来。

来到后门，弗兰克轻轻拿下围巾和帽子，递给查理和露易丝，所有人都找到了自己的鞋子。弗兰克轻松地打开了门。

花园里静悄悄、空荡荡的。他们哆哆嗦嗦地站在一块儿，呼出一团团热气。草叶披上了一层晶莹剔透的霜。

小麦的耳朵突然立了起来，仰起脖子向天空望去。弗兰克看到星星之间有什么东西在移动。起初他认为那是一颗彗星，它尾巴闪烁的火花很像坠落的流星。那东西越来越近，他皱起眉头，发现那竟然是几只动

物！它们拖着木制雪橇，大概有一辆汽车那么大。动物们披着斑纹的外套，长着白色的尾巴，似乎还戴着某种尖尖的帽子。

不，不是帽子……是鹿角。

“是驯鹿！”露易丝喘着气。

雪橇掠过弗兰克家附近房子的屋顶，越飞越近。

“不好！要撞上了！”弗兰克大喊。

但在最后一刻，雪橇微微向一侧倾斜，陡然向上飞去，刚好擦着花园里的篱笆飞过。

“它们的阵容排错了！”查理说。

紧接着，前面两只驯鹿着陆了，蹄子插进草里，脖子上的铃铛叮当作响。其余的驯鹿也相继落在草坪上，它们身后的雪橇冲着弗兰克和他的朋友们呼啸而来。

“小心！”弗兰克向后跳了一步。

驯鹿拖着雪橇从他们身旁冲了过去，最终停在了距离观赏池塘几米外的地方。没看到圣诞老人，弗兰克显然有点失望，其实雪橇根本没有人驾驶。

难怪它们刚才想控制方向，却怎么也停不下来。

露易丝和查理已经目瞪口呆了，弗兰克也早就屏住了呼吸。然后，他深呼一口气。看起来它们不像是来踢足球的，那这个魔法雪橇到底来做什么呢？

“现在该怎么办？”查理问。

“你爬到雪橇上去。”不知从哪里冒出一个声音。原来是领头的驯鹿，抖了抖鹿角说。

“你会说话？”露易丝不相信眼前看到的一切。

驯鹿摇着尾巴说：“当然了，快点儿，圣诞老人需要你们帮忙！”

第二章

丢失的足球礼物

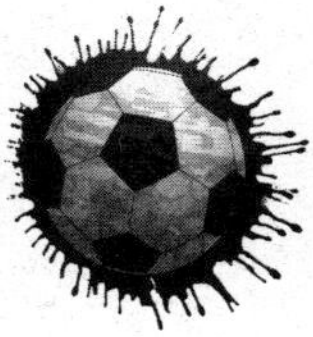

“你是鲁道夫吗？”查理问。

“鲁道夫？”领头的驯鹿十分疑惑，反问道。所有的驯鹿都放声大笑，领头的驯鹿说：“鲁道夫几年前就退休了，我叫贝利，旁边是我的朋友们，罗纳尔多、齐达内、克雷斯波、莱因克尔、坎通纳和克鲁伊夫。”

弗兰克都来不及数这一个又一个响亮的名字，问

道："怎么一共才7只？圣诞老人不是有8只驯鹿吗？而且你们不是应该叫雷鸣和闪电什么的吗？"

"说来话长，"贝利说，"没空给你们解释了。"

"呃……能不能让齐达内不要嚼玫瑰花？"弗兰克说。

只见一只驯鹿抬起头说："我只是闻一闻。"说着，一片花瓣从它的唇边落下。

"要一起来吗？只剩下几个小时了，我们要去拯救圣诞节！"贝利说。

"我们？"露易丝问。

"没错，"贝利说，"还有谁能比拥有魔法足球的你们更强大？圣诞老人早就听说你们在面对危机时有多强大了。"

"但我现在没有魔法足球。"弗兰克说，"我已经好几天没看到它了。"

"好吧，不知道我们为什么被带到你家来，"贝利说，"其他的都不重要，我只问你，到底想不想帮忙？"

弗兰克瞥了一眼他的朋友们，查理和露易丝点了点头。小麦更是跳上雪橇，稳稳地坐在一个红色的天鹅绒垫子上。

“我想应该没什么问题。”弗兰克说着也跳上雪橇，查理和露易丝紧随其后。

“准备出发！”贝利大声说。

一开始，雪橇慢慢地在地面上移动，驯鹿套紧缰绳，喘着气奔跑。说时迟，那时快，不知什么时候，驯鹿突然加速，雪橇顺着草坪飞了出去。弗兰克吓了一跳，眼前平整的草坪上压出一道道深深的车辙。爸爸如果看到，一定会疯掉的。贝利是第一只蹄子离开地面的驯鹿，其他驯鹿紧随其后，一对对蹄子在空中前后划动。最后，雪橇的前端抬起，他们腾空了！雪橇飞过弗兰克家的屋顶，向上升起，越飞越高。

“那么现在告诉我，圣诞节到底怎么了？”弗兰克对着最近的一只驯鹿喊道。

耳边的风呼啸着，看来驯鹿并没有听到他说的话。

“坐好吧，就当是来享受一次飞天之旅。”小麦说。

“你又能讲话了！”弗兰克激动地说。每当他们进入神奇的魔法世界时，小麦就可以和大家交流了。

“这意味着魔法足球的魔力已经起作用了！”弗兰克心想，“虽然我现在还没有找到它。”

“是的，我又可以说话了！”小麦激动地说，“等等，我想先坦白一件事情，去年圣诞夜桌上的那些碎肉馅饼是我吃的！”

望着下面的世界呼啸而过，弗兰克忍不住笑出声来。

不知道过了多长时间，他们穿过一片云层。弗兰克看了一眼他的手表，时针似乎停止在午夜时分，一动不动。

“嘿，快看！”他让露易丝看他的手表。露易丝看了一眼，把自己的手表也展示给弗兰克，两个人的手表都出现了相同的状况。

雪橇时不时冲破云雾，弗兰克可以看见一片美丽的海景——那无尽的、翻滚的深色浪花，以及田野和山脉。当雪橇越飞越高，来到星光璀璨的夜空时，驯鹿脖子上的铃铛响了起来。

“我想知道我们这是去哪里。”查理冻得直打哆嗦。

“那是北极星，就在正前方。”露易丝指着远方一个特别亮的点说。

露易丝的爸爸有一台天文望远镜。她之前跟弗兰克说过，她了解夜空的一切，于是接着说：“我想我们正朝着北极圈飞去。”

弗兰克感觉其实这里并没有自己想象的那么冷。这时，他的身体感到一阵刺痛。最后，驯鹿终于低下头飞向地面。在雪橇穿过云层时，弗兰克喘着气，有点呼吸不畅。

下面的世界，目所能及全是一片雪白。一片又一片的冷杉林点缀在绵延的白雪世界中。雪橇沿着平缓的斜坡和山谷缓缓下降。露易丝突然抬起胳膊，指着远方说：“哇！快看！”

弗兰克看见一座由淡紫色石头建成的高大城堡拔地而起，直立在他们面前。有的建筑是圆顶，有的是尖顶，看起来好像他的玻璃雪球里面的白雪世界。

“欢迎来到圣诞老人的宫殿。”最后面的一只驯鹿说。它戴着一根项圈，上面写着“莱因克尔·G[①]”。

雪橇在城堡前着陆，先是轻轻地滑行，最后停下。弗兰克他们跳下雪橇，踩在坚硬的雪地上。一个穿着绿色衣服的小男孩穿过宫殿大门跑了出来，两只手搓呀搓。当小男孩靠近时，弗兰克才发现他实际上是一个成年人，但是只有3尺高，耳朵又长又尖。

“时间快到了！”他喊道，“老板等你们好久了，赶紧进来！”

他转身跑进城堡，弗兰克尴尬地耸耸肩，跟了

---

① 在西方的圣诞节传统中，每年的圣诞节，驯鹿都会拉着雪橇上的圣诞老人出来给小朋友们送礼物。最初提到为圣诞老人驾车的8只驯鹿名字的是《圣诞前夕》，这8只驯鹿分别叫作Dasher（猛冲者）、Dancer（跳舞者）、Prancer（欢腾）、Vixen（刁妇）、Comet（彗星）、Cupid（丘比特）、Donner（大人物）和Blitzen（闪电）。这里的G代表了第7只驯鹿。译者注。

上去。

“他……是精灵吗？”查理悄声问。

“不，我是一个小小的伏尔甘[①]。”小人说。

“哈哈，开个玩笑。我是一个精灵，名叫罗宾，很高兴见到你们。”

在橡树制成的宫殿大门内，是一个敞亮的大厅，厅内的墙壁上挂满了燃烧的火把，火把的温度让房间里的人倍感舒适。

上了几节楼梯，出现在弗兰克他们面前的是几条通往不同方向的走廊。很多精灵在来回奔跑，背上背着装满礼物的包裹。

小麦看见其中一个精灵背上的包裹里面好像装着一根骨头，满怀希望地问：“那是给我的吗？”

---

① 伏尔甘（Vulcan），罗马神话中的火神，是朱庇特之子，在希腊神话中的对应人物是赫菲斯托斯。他相貌丑陋，还是瘸子，但是他的妻子竟然是女神维纳斯。他聪明卓越，生来就具有控制金属的超凡能力，能够轻而易举地冶炼出各式各样威力无穷的武器。译者注。

“嘘。”罗宾斜眼看了一下小麦，弗兰克赶紧示意它别出声。

“每年的这个时候总是最忙碌的，”罗宾转身说，“请走这边。”他沿着其中一条楼梯，顺着栏杆滑了下去，弗兰克不得不跑步跟上。

楼梯底部是一个巨大的房间，一条传送带穿过房间，成百上千的礼物在传送带上移动。它们形状各异，大小不同，都包裹在不同的包装纸中。每隔一段距离就有一个巨大的袋子，精灵们将礼物从传送带上拿下来放进袋子中。

房子中央站着一个拿着记事板的男人，他穿着用冬青叶装饰的运动服，脸颊在他那浓密的白胡子下泛着红光。

“他们到了，老板！”罗宾叫道。

“老板？”弗兰克想，“不会是……”

“圣诞老人？”查理大声说。

显然，圣诞老人看到了他们。他挑起眉毛，说：“终于到了！谢天谢地，你们终于来了。”他把记事板扔在一边，继续说：“没错，我就是圣诞老人、圣诞老爷爷、圣尼克！随你们怎么叫。”

“你看起来并不像圣诞贺卡上那么圆滚滚的。”小麦说。

“一切都在井然有序地进行着，”圣诞老人拍拍肚子说，“当然，到12月26日，所有的肉饼才准备好，那是另外一回事。”

“老板，”罗宾打断他，“也许你应该解释一下，我们为什么把他们带到拉普兰德[①]来？”

弗兰克、露易丝和查理看着彼此，有点摸不着头脑。

---

① 拉普兰德（Lapland），位于芬兰北部，传说中圣诞老人的故乡。该地区有3/4处在北极圈内，以其独特的极地风光和土著民族风情著称，是众人皆知的旅游胜地。拉普兰德的冬季从每年的10月份开始，一直到第二年的5月份结束，整个冬季长达8个月之久。译者注。

“那么，这是我们此次要冒险的地方了！”他们都在心里想着。之前，他们去过巴西和中国，现在他们来到了拉普兰德。

“没错。”圣诞老人说，“我们遇到了一点儿小麻烦，所有礼物都在这个房间里进行分类，如玩具娃娃、电脑游戏光盘、衣服等。不过，问题来了，其中一个袋子不见了，里面装的可是与足球相关的礼物！起初，我们认为袋子是在忙乱中弄丢了。”他指了指房间里的传送带，接着说：“但是我们找到了这个！”他在口袋里翻来覆去地找，最后拿起一把厚厚的白发。

弗兰克皱着眉头，看了看他的朋友们，向圣诞老人问道：“这是什么？”

圣诞老人压低声音说：“不管到哪里，我都会认出这头发，它是克兰普斯[1]的！”

---

① 克兰普斯（Krampus），圣人尼古拉斯的助手。是一个黑暗的、毛茸茸的、有蹄有角的怪物。在芬兰当地的传说中，他肩背一个装着礼物的大袋子，手拿一根棍子，好孩子可以收到他的礼物，顽皮的孩子则会被棍子敲打甚至被带到地狱。译者注。

“你说什么？”查理问。

露易丝向前走了一步，说：“克兰普斯是民间传说中的人物，在圣诞节时，他会惩罚顽皮的孩子。”

弗兰克和查理傻傻地看着她，问：“你又是怎么知道的？”

露易丝耸耸肩，说：“我家有一本百科全书，我在书里看到过。”

“可悲的是，他不是传说。”圣诞老人打断露易丝说，“他是真实存在的，而且脾气特别暴躁。罗宾，帮我把记事板拿来。”

罗宾闻言跑了出去。

“意思是，这个克兰普斯偷走了礼物？”弗兰克问。

“太可怕了！”圣诞老人叹了口气，“我们很多年没有见过他了，但他现在似乎又回来了。可悲的是，他开始掉头发，他所到之处随处可见他的头发，所以很容易就能得知他到过我们这里。啊，罗宾来了。”

罗宾拿来了圣诞老人的记事板。弗兰克走上前去，看到这个记事板实际上是一台平板电脑。

圣诞老人把平板电脑对着他们，并按下屏幕上的播放按钮。屏幕上出现了他们所在的礼品打包房间的画面。许多圆形的、富有弹性的礼物从传送带的末端落入一个袋子中。突然，一只驯鹿悄悄爬了出来，出现在镜头里，旁边是一个高大却全身蜷缩着的人，头上戴着一顶大帽子。那个人发出一声低沉又邪恶的笑，先是把礼品袋子挂在驯鹿的缰绳上，然后把袋子拖走了。一束白发落在他们身后的地板上。

“那只驯鹿是谁？”弗兰克问。

“马拉多纳。”圣诞老人叹了口气，“它变坏了，站在了克兰普斯那边。”

“所以这就是为什么只有 7 只驯鹿的原因。”弗兰克说。

“我现在不能确定，是谁打开门让马拉多纳和克兰普斯进来的。”罗宾说。

圣诞老人把平板电脑抛到一边，罗宾下意识地接住

了它。

“现在说什么都没用了，我需要一个团队——一支能迅速地找回足球礼物的足球队来帮我找到礼物。现在，我想不到还有谁能比你们更合适。”

“你为什么不能去？”查理问圣诞老人。

“我没有时间！”圣诞老人耸耸肩，无奈地说，“这里的工作太多了，如果你们不能帮我，我真的不知道该怎么办。”

弗兰克深吸了一口气，心想：“我们不能让无辜的孩子因此错过他们的足球礼物，不然他们会认为圣诞老人根本不存在！”

“好的，那我们到哪里寻找克兰普斯？”

圣诞老人拍了拍手，说：“谢谢！一队雪橇犬会拉着你们一直向东走，那里曾是他的冰洞老巢。”

“我可以陪他们一起去。”罗宾说。

圣诞老人皱着眉头说：“我还没想好，罗宾。我需要我最信任的精灵待在这里。”

弗兰克注意到其他精灵悄悄向这里看了一眼。

“但是如果他们迷路了怎么办？”罗宾在房间里踱着步。

圣诞老人犹豫了一会儿，点了点头，说：“好吧，你去吧。”

“好的，老板！”罗宾说完，转身边走边跟弗兰克和他的伙伴们说：“跟我来！”

几个人匆匆跟着精灵出了门，圣诞老人在身后高声叮嘱他们：“要小心，克兰普斯不好对付，他还有邪恶的同伙——臭名昭著的雪怪。”

“你指的是喜马拉雅山雪人？”露易丝问。

“不是，总之是一个让人不开心的雪人，祝你们好运！”

第三章

惊险的雪橇之旅

罗宾带领他们穿过宫殿后门，来到一处马厩。靠近马厩时，弗兰克可以听到清晰的吼叫声。小麦见状也低吼起来。罗宾打开门后，一群雪橇犬蹦了出来，身后拖着一个木制雪橇。弗兰克猛地向后躲开，小麦吓得跳进他的怀里，这时雪橇犬们乖乖地摇着尾巴站在他们面前。它们抖动着浑身厚实的皮毛，蓝色的眼睛

炯炯有神。

“快跳上去！”罗宾抓着缰绳，跳上雪橇的后部。弗兰克和他的朋友们不得不踩在雪橇两侧的栏杆上。大家各就各位，雪橇犬拉紧了缰绳。

“出发！”罗宾高呼，接着吹了一声响亮的口哨。雪橇抓地入雪，冰雪飞扬，雪橇犬兴奋地狂奔起来。小麦躲在罗宾的身边，不知从哪里拽出了一顶毛茸茸的红帽子，而且大小正合适。弗兰克赶紧帮它戴上。

“还挺好看的。”弗兰克说。

罗宾拿出指南针，单手驾驶雪橇，轻轻一拉缰绳，雪橇犬就随之改变方向。很快，宫殿慢慢被抛在身后，越来越远。

弗兰克眯起眼睛，仔细看着前方出现的白色眩光。远方是完全覆盖在白雪下的巨大山脉。

“真漂亮。”查理对着正在拉雪橇的雪橇犬说。

弗兰克和他的伙伴们穿过树木笔直的树林，经过了一座小木屋，他猜小木屋一定是精灵们的家。很难想象这里有生物生存，但他偶尔会看到小鸟在雪白的树枝上拍打翅膀，或是一只小兔子轻盈地在树木间穿梭。

雪橇犬跑啊跑，跑得四条腿像灌了铅似的，伸着粉红色的舌头喘着粗气。这时，弗兰克发现了一丝异样，原来前方出现了一处地面颜色异常的区域，有点发蓝，看起来正在慢慢下沉。

“减速！”他对罗宾说。

但是，罗宾反而来劲了，他更猛烈地挥动缰绳。“我们得赶路，不能停，还有很长的路……”

说话间，地面嘎吱作响，雪橇前方出现一条巨大的裂缝，弯曲着向他们蔓延过来。裂缝的源头恰恰就是刚才下沉的那片区域。弗兰克抓紧缰绳，用力猛拉，试图急刹。然而雪橇开始向左倾斜，几乎快侧翻了。查理猛地撞上了露易丝，两个人不小心掉下雪橇，倒在雪地里。

“嘿！”罗宾气得帽子都竖了起来，“你想干什么？！”

弗兰克冲着前面的蓝色区域扬了扬头："你看啊！"

就在前方几米远的地方，地面出现一条巨大的裂缝。弗兰克小心翼翼地从雪橇上跳下来，走到蓝色区域边缘。他屏息凝视，根本看不到裂缝的底部。

其他人也冲过来看。

"干得漂亮，弗兰克。"查理说，"停得真是及时啊！"

罗宾看完走向雪橇，说："我们得回去了。"

"回去？回哪里？城堡吗？你的意思是，让克兰普斯未战先胜？"露易丝说。

"没办法！"罗宾双臂交叉，"我们必须回去，宁可空手而归也不可能冒险跳过去，太远了！"

弗兰克盯着他，想不通他为什么这么容易就放弃了。

"那可不一定。"弗兰克指着雪橇犬，"如果我们助跑得好，就有可能跨过去。来，在这一侧帮我用雪堆一个斜坡。

"好主意啊！"查理佩服得五体投地，"我们可以像在公园里骑自行车那样冲过去。”

弗兰克把雪推到裂缝的一侧，拍实了，其他人也来帮忙，罗宾也不甘示弱。终于，他们建造起一个楔形的雪堆，正面有一面斜坡，任何物体可以以此为跳板冲出去。

弗兰克回到雪橇上，但罗宾还待在雪地里。

“你要和我们一起吗？”弗兰克问。

罗宾看起来犹豫不决，但他最后还是跳上了雪橇，不过嘴里也抱怨着：“我想我一定是疯了。”

雪橇在弗兰克手里行驶得非常好，他先将雪橇从悬崖边拉回来，后退一段距离后调头。

“都抓好了！”他举起缰绳，雪橇犬开始狂吠。

“等一等！”小麦突然开口了，它跳下雪橇，用牙紧紧咬住一条缰绳，也想为大家贡献力量。

弗兰克为自己的小狗感到骄傲。

“冲吧！”一声令下，雪橇开始启动，所有雪橇犬都铆足了劲，脚掌打在疏松的雪面上。

木制的雪橇开始朝裂缝冲去，不过一直摇晃不定。弗兰克的指关节都被凛冽的寒风吹白了，狂风扑打着他的脸。

“我们要成功。”他喃喃地说，“我们必须成功。”

但随着时间的流逝，裂缝变得越来越宽。

第一组雪橇犬终于到达斜坡的尽头，四条腿本能地蜷起来，一跃而上。弗兰克突然感到强烈的失重感。没错，他们一飞冲天了！

第四章

驯鹿
引发的雪崩

砰！

雪橇的底部重重地砸到坚实的地面上，弗兰克回头看到雪橇后端刚好越过裂缝。

“我们成功啦！”他喊道。

露易丝拍了拍他的背，小麦从一只雪橇犬背上跳了下来，摇着尾巴回到雪橇上。

“感觉像是某种力量帮了我们。”小麦说，“但是不知道这一次我们怎么回家。”

“这是以后担心的事情。”弗兰克说。

罗宾双手捂着眼睛，蜷缩在雪橇里。“我们还活着吗？”他用颤抖的声音问道。

“是的。”查理说，“现在走哪条路？”

罗宾站了起来。

“让我们走捷径吧。”罗宾说着，向前点了一下头，然后又回到了他在雪橇上的位置——最后一排。

雪橇全速出发，罗宾引导着雪橇犬巧妙地绕过一块巨石，向两排冷杉之间的一条小道驶去。

露易丝靠近弗兰克的耳朵，说：“我不确定是不是这条路，圣诞老人说我们必须往东走，但是从月亮的位置判断，我想我们正在朝南走。”

“罗宾说这是一条捷径。”

“咦？他到哪儿去了？”小麦突然问。

弗兰克和露易丝转过身才发现，罗宾从雪橇后面消失了，他刚才还站在那里。无人驾驶的雪橇，在雪橇犬的带领下驰过山谷的底部。

雪橇左摇右晃地驶过不平坦的雪地，弗兰克挣扎着抓住缰绳，用尽全身力量将缰绳向后拉，硬生生地拖住飞驰的雪橇犬们，最终雪橇停了下来。好悬，弗兰克累得气喘吁吁。

“他一定是掉下了雪橇。”查理说，“真希望他没事。”

弗兰克的心怦怦直跳，扭过头望着雪橇行驶过的痕迹，发现远处有一团绿色。没错，就是罗宾！但是，他看起来好像没事儿人一样，只是呆呆地望着自己头顶的一处斜坡，然后把手指放在唇边，一声尖锐的口哨声传来。

“他在干什么？”露易丝问。

“什么意思？我可不喜欢这样。”查理说。

弗兰克扫视了一下正上方的斜坡，他发现了什么别的东西。是一匹马吗？不，它有角，原来是一只驯鹿。只见那只驯鹿用力地跺了跺脚，它的鹿角的形状看起

来很眼熟。弗兰克想起了圣诞老人之前给他看的平板电脑上的录像。

“是马拉多纳！赖皮驯鹿！”

上方传来一阵低沉的雷鸣声，只见一部分斜坡正在移动。

弗兰克的血液瞬间凝固了。洁白无瑕的雪地上出现一道裂缝，斜坡整体开始向下滑落，雷声滚滚，而且越来越响。

“雪崩！”弗兰克大喊。

马拉多纳刚才的那一跺脚导致了大规模的雪崩！

大雪从山谷的两侧迅速倾泻而下，向他们铺天盖地地涌来，一路上很多大树都被连根拔起。

弗兰克跳下雪橇，迅速解开雪橇犬，“走！快逃！”雪橇犬快如闪电，飞奔起来。这下轮到弗兰克和他的朋友们了，他们可跑不了那么快，他们被困住了！

“把雪橇翻过来！”露易丝大喊，“我们可以躲在雪橇下面！”

弗兰克和他的朋友们抓住雪橇边缘，试图把它翻过来。弗兰克的手臂都快抽筋了，但是他咬住牙，继续用力拉。大家齐声喊："一二三！用力！"雪橇被拉翻了，他们被雪橇扣在雪地上。第一波大雪迎面而来，小麦惊惶地躲在弗兰克的两脚之间。

雪夹杂着树枝和石头，以摧枯拉朽之势席卷过去。弗兰克看到朋友们的脸上写满了恐惧。

接下来是可怕的寂静，大家只能听到自己沉重的呼吸声和奇怪的吱吱声，好像大雪落在他们附近。他们现在完全处于一个封闭的空间，就像一座牢房。外面，雪崩貌似已经过去了。弗兰克的脑袋和肩膀都埋在雪中，与掀翻的雪橇只有一小段距离。

"大家还好吗？"

他的朋友们都点点头。他们一起想办法推开一条路爬了出去，外面是高低不平的雪地。

弗兰克抬头看了看山坡，那只驯鹿已经不见了。"马拉多纳一定是在放哨，看来罗宾也是他们的人，他

将我们引入一个陷阱，并给他的同伙打暗号，导致了这场雪崩。”

露易丝点了点头，说：“圣诞老人一直想知道，克兰普斯是怎么偷走礼物的，这下答案揭晓了，罗宾是叛徒！”

“那么我们接下来该怎么办？”查理问。

“继续走，”弗兰克说，“如果那只赖皮驯鹿是在等着我们，那说明我们此时已经非常接近克兰普斯的冰洞了。”

他们在山谷中跋涉，果然在山谷的底部看到几个黑暗的洞口。

“我们到了。”弗兰克瞪大眼睛，在最前面带路。

如果克兰普斯早就盯着他们该怎么办？

弗兰克距离其中一个洞口大约20米，露易丝突然推了他一把，喊道：“躲开！”弗兰克还没看清楚怎么回事，就一下子摔倒在雪地上，不知什么东西不偏不倚地正好打在他脸上。

雪球！

第五章

雪怪现身

“喔！”露易丝又大喊起来，只见一个雪球打中了她的肩膀，疼得她原地转圈。

“雪球是从洞穴里飞出来的！”小麦躲到一边。

此时，洞口出现了一个巨大的身影，身体是两个圆球，胳膊是两根树杈，鼻子是一根尖尖的胡萝卜。

他戴着一条红绿条纹的围巾和一顶礼帽，帽檐挡着

一部分脸，这……不会是臭名昭著的雪怪吧？！

“臭名昭著的雪怪？”小麦大喊。

“没人能过得去！”雪怪咆哮着。

他从身边抓起两团雪球，以一个棒球运动员击球的速度将球抛出，查理跳到弗兰克面前把两个雪球扑下来。

“你们永远别想从我这儿过去！”

雪怪的眼睛发着绿光，说：“哼哼，看你们能不能闯过我这一关。”

雪怪面前的地上有一个雪球，似乎被施了魔法，变得跟足球一样大。查理看得目瞪口呆，但还是稳稳地站在原地，张开双臂。

“查理，不要！”露易丝大喊。

太晚了，大雪球呼啸着向查理飞来，正好打在他胸前，把他打飞在空中。查理在雪地上滑出去很远，最后滚作一团在地上呻吟。弗兰克跑向他的朋友，在露易丝的帮助下，把他拖到了一棵树后。查理的眼皮一跳一跳的。

“你还好吗？”

查理的嘴唇微微一动，一脸茫然地问：“我扑到了吗？”

“你扑到了，”露易丝说，“但是你的行为很危险，查理，那一球可能杀了你！”

弗兰克从树后瞥了一眼，雪怪将另一个巨大的雪球踢到了树干上。此时，雪怪站在洞口前的阴影里，只要他在那里，他们就靠近不了洞口。太阳升得更高了，弗兰克的脸沐浴着温暖的阳光。

“有办法了！”弗兰克说，“我们把他引到太阳下，热量会使他融化，这样我们就可以去克兰普斯那里找礼物了！”

露易丝笑着说：“好，队长，那我们怎么引雪怪出来呢？”

弗兰克挺起胸膛，说：“我们必须给他一个让他不能抗拒的诱饵。”

“你不会是想……”露易丝说。

弗兰克从他们躲藏的地方跳出来，跑向山洞。雪球炮弹马上向他发射过去，嗖的一声从他的耳朵边擦过。他想象着自己是在球场上，带着球从他自己的半场开始奔跑，躲避铲球，加速跑动，不断改变跑动方向，声东击西，同时改变速度和位置。

“在这里，冰冻先生！”小麦叫道。

听到声音的弗兰克冒着巨大的风险回头望去，发现他的两个朋友都已经跑到空旷地带了。

雪怪发疯似的挥动着手臂，愤怒的他咬牙切齿地咕哝着什么，因为雪球压根儿没有击中目标。弗兰克看见他从阴影中一步一步向外移动，但是只要天空有一片云从太阳前面经过，雪怪就会转身回到洞口前的阴影里。

他害怕太阳，弗兰克想，我必须再加把劲。

弗兰克大叫一声，假装摔倒在地。当然，他在真正的比赛中是不可能出现这样的“跳水[①]”动作的，但他的确看到过别人这样做，以达到愚弄裁判的目的。他躺在冰冷的雪地上，希望雪怪上钩。

咯吱咯吱的脚步声越来越近，一个影子出现在他面前。

近距离看，雪怪显得更加高大，只是水滴开始从他的额头上流下来，在他的脚下形成一个水坑，他的脸也变得浑浊不堪。

“克兰普斯告诉我，圣诞老人会派人来拿回礼物。”雪怪说。他的声音随着身体的融化发生了变化，最后他弯下腰，只剩下两根树杈举着一个巨大的雪球。

“他马上就要撞到我了！”弗兰克紧张起来，伸出胳膊想要抵挡，“来不及了！我拯救不了圣诞节了！”

---

① “跳水”在足球比赛中指的是假摔，特别指那些使用夸张的假摔动作来迷惑裁判判断的行为。此类行为具有极强的表演性，且影响极其恶劣。译者注。

第六章

冰冻迷宫中的黑影

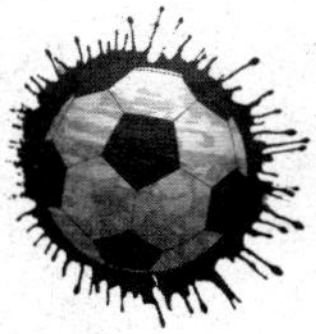

就在这时，弗兰克听到两声巨响，抬头一看，雪怪正在踉跄地向后退。他被击中了！一个雪球把他的胡萝卜鼻子打歪了，另一个打在了他的胸部。他扔下了那个巨大的雪球，更多的水珠落在他身上。

“离我的朋友远点！”露易丝愤怒地喊。

露易丝和查理疾速前进，一边铲雪做雪球，一边把

雪球扔向雪怪。雪球如此迅速地击中雪怪的肢体和脑袋，以致他根本没有时间反击。弗兰克看到了露易丝眼神中那份熟悉的坚定，就像在足球场上一样。露易丝继续反击，一个雪球正好打在雪怪的左眼上！雪怪挥动手臂，被打得找不到北。

“就是这样！”弗兰克说，“堵上他的另一只眼睛！”

他也加入了攻击，抓起雪球朝雪怪的脑袋打去，没过一会儿，雪怪的另一只眼睛也被堵上了，什么都看不见了，一下子摔倒在地。雪怪融化的速度越来越快，几乎快化作一摊雪水了。

“我会捉住你们的！”他号叫着，身体僵硬地左右摆动着，最后消失在阳光下，就像一个人陷入了流沙中。“给我回来！”

他的身体还在萎缩着，只有上半部分保持在地面上。他的胳膊一个接一个地掉了下来，很快他便化作一摊雪水，上面盖着一顶帽子和一条红绿条纹的围巾。

“谢谢大家！”弗兰克说。

“客气什么。”查理拍了拍手套，打落上面松散的雪花。

露易丝大步走向洞口，“我们去找礼物吧！”

小麦闻了闻那根胡萝卜，随后跟了上去，弗兰克和查理也紧随其后。

当弗兰克跟上大家的时候，眼睛开始适应洞里昏暗的光线了。他看到前方有几个人影，便屏住呼吸，停了下来，那几个人影也停了下来。

“有人吗？”他的回音在洞穴里回荡。

“他们是谁？”查理问。

弗兰克又向前走了一步，那几个人影也向前走了一步。这时候，他注意到对方也有一只小狗。

他突然明白了，他抬起胳膊，黑影也跟着抬起胳膊。

“那是我们自己。”

弗兰克把手放在光滑的冰面上，冰面像镜子一样

透亮。

“好奇怪，”露易丝说，“这里怎么会有这么多冰镜？”

“这儿还有更多呢！”小麦说。

它向前小跑了几步，摇着尾巴站在另一个冰镜前面。

“在那里！”查理指着另一条路说。弗兰克惊讶地穿过洞穴，整个墙面是由成百上千的冰镜组成的，各自的角度还不尽相同，他可以从不同角度看到自己的样子，看久了甚至会有点发晕。

“我们必须时刻保持专注，这可能是某种陷阱。”

他们沿着冰镜之间的隧道向前走，就像走在一大群人中间，尽管他们只有四个人而已。

接着，弗兰克看到一个黑影掠过冰镜，还不停地打转。

“那是什么？”

“我什么也没看见呀。”查理说。

弗兰克愣住了。“那……是？”两根长长的弯角出现在他们背后，反射在镜子里怪吓人的。弯角下散着一头长发，长发遮盖着一张恐怖的长脸。

他们都转过身去，但是为时已晚，不管他是什么，反正他再次消失了。

“我们这里来了什么贵客啊？”一阵咯咯的声音说，“一群孩子？”

“你是谁？”弗兰克扫视着洞穴。

“我是谁？”那个声音说着，音调变得越来越高，“我是谁？我是克兰普斯！”

他从冰镜后面走出来，看起来像个山羊人。虽然他有两条腿，但脚却是一双蹄子，全身覆盖着肮脏的毛发，绿色的眼睛闪闪发光。

“你们来这儿干什么，小家伙们？”克兰普斯说道。

“我们是来拿回你偷走的礼物的！”露易丝说。

克兰普斯笑着说：“是吗？我想那些礼物应该是送给你们的吧？”

“你指的是圣诞老人吗？”查理说。

克兰普斯捂上耳朵。“不要跟我提这个可怕的名字！”他尖叫着，“我讨厌那个恶魔！”

“你为什么讨厌圣诞老人？”弗兰克问，“他给全世界的人都带来了快乐。”

“除了今年，”克兰普斯愤怒地训斥道，“今年会有很多孩子在圣诞树下哭泣！”

第七章

克兰普斯的战书

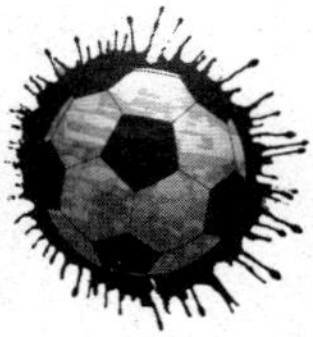

"你只不过是个贼，"露易丝说，"礼物在哪里？"

"你们永远不会找到它的。我会去踢我偷来的足球，一想到我毁掉了圣诞节，我的每一脚触球都是甜蜜的。"

"我们会阻止你的。"弗兰克说。

"做梦吧，你们阻止不了我的！你们会被我困在冰

冻迷宫中，直到冻死！”

克兰普斯绕着一个弯快速奔跑，弗兰克追了上去。但当弗兰克转过拐角时，看到许多克兰普斯的镜像，这些镜像都在奔跑，弗兰克只能紧跟在其中一个的身后。

砰！

弗兰克直接撞到了自己的镜像，留下一地破碎的冰镜。

“你还好吗？”露易丝来到他的身边。

弗兰克揉着头，环顾周围。显然，克兰普斯已经跑了。

“我没事，但是他去哪儿了？”

“在那儿！”查理指着一个方向喊道。

弗兰克看到了藏在冰冻迷宫里的克兰普斯，但克兰普斯很快又消失在他的视线中，忽地又从他的左侧冒了出来。弗兰克又追了上去，但他发现又是镜像。他看到的敌人都只是对方的镜像，还有他们自己。

“你永远找不到我的，只有我才知道冰冻迷宫的秘密通道。”

要想弄清楚声音来自哪里几乎是不可能的。弗兰克只能选择一条路，然后再去试另一条。他的脑袋不停地转动，眼睛都酸了。他感觉自己好像在与一支一百人的球队比赛，对手围着他跑来跑去。他还可以看到小麦和其他人，但他不知道这是否真的是他们，或许只是他们的镜像。

“你们会在这里发疯的。”克兰普斯说。

如果他说的是真的该怎么办？如果这是一场他们根本赢不了的比赛呢？

“我能闻到他的味道，”小麦说，“好像无处不在，可能是因为他身上肮脏的毛发掉落了一地。”

“狗是非常愚蠢的动物，”克兰普斯说，“再见，愚蠢的孩子们！”

弗兰克听到他离开的蹄子声，努力抑制着心中的恐慌。“如果现在不够冷静，我们就完蛋了。”

“我们该怎么办？”露易丝声音颤抖地问。

弗兰克意识到，此时大家都非常害怕，他需要站出来，做一名能够在危难时刻有所担当的队长。

但冰冻迷宫就像一个监狱，弗兰克和他的伙伴们该如何突围呢？

突然，弗兰克的脚不小心踢到地面的一块石头上，一个念头出现了。

“把冰敲碎。”弗兰克说。

“你说什么？”查理十分不解。

弗兰克捡起石头，说：“找一块石头，砸到冰镜上。如果能够摧毁冰镜，我们就能清楚地确定我们的位置。”

他的胳膊向后扬起，把石头一股脑地扔到距离最近的一块冰镜上，只见冰镜瞬间裂开并破碎，碎片掉落了一地。

“好主意！”露易丝说。小麦蹦蹦跳跳地跟着大家来回跑，三个人从这面冰镜到那面冰镜，一面接一面地打碎。当他们完工时，弗兰克喘着粗气，只见他们几个站在洞穴的正中央。所有的镜子都碎了，冰洞看起来并不算太大，洞里的石墙上有几条狭窄的通道，所有的通道都通往不同的方向。小麦在大伙儿中间的地面上嗅来嗅去，突然停了下来，“我想他是从这下面逃走的。”

“克兰普斯，我们来找你了！”弗兰克喊道。

“我等着呢！”不知从哪里传来了回答。

弗兰克绷紧神经，带领大家进入通道。

“我们已经越过一条巨大的裂缝，克服了雪崩，击败了凶残的雪怪，我们不会停下来的！”弗兰克心想。

他们沿着一条隧道向前走，有时不得不弯腰前行，避免碰到脑袋。

“你确定是这条路吗？”查理问。

小麦伏在弗兰克的脚边，说：“是的，气味越来越浓了。”

隧道前方的门打开了，弗兰克放慢了脚步。他们来到一个巨大的洞穴里，洞穴顶端闪烁着蓝光，地面上

覆盖着一片原始的冰湖。在遥远的洞穴尽头，立着两根树干，树干上的树枝被削得非常干净，很像足球赛中的门柱。克兰普斯靠在其中一根门柱上，穿着一件非常瘦小的球衣，整个场地闻起来像一间长期没有打扫过的马厩。

“你们要为破坏我的冰冻迷宫付出代价。”他冷笑着。

“嘿，那件球衣好像是我圣诞愿望写下的那件！”露易丝忍不住大喊。

克兰普斯笑着说：“完全正确，小美女，这正是你想要的球衣。”他指了指身后，弗兰克看到地上堆着一大堆圣诞礼物。“我喜欢拆看别人的礼物。”克兰普斯接着说。

“开始比赛吧！”弗兰克说，“把礼物交出来。”

克兰普斯拿起一个圆形的礼物，撕开包装纸，里面是一个全新的足球。

“急什么，比赛才刚刚开始。”克兰普斯说道。

第八章

为礼物而战

“我打赌你根本不喜欢足球。”查理说。

克兰普斯让足球在手指上旋转，说道：“实际上，我曾是拉普兰德最好的守门员，哪怕是精灵组成的球队都别想攻破我把守的大门，你要是看到过我守点球的时候……”

“证明给我看啊！”弗兰克说，“跟我们比赛，如果我们进球了，你就得把礼物还给我们。”

克兰普斯皱着眉头，有点犹豫，突然他回过头瞥了一眼。他身后好像藏着什么人，弗兰克看不太清楚。

“他害怕了，”露易丝说，“吓傻了吧！”

“安静！”克兰普斯说，“孩子们，我要和你们做一笔交易，只要你们能够将球踢进这两棵树之间的球门，你们就能拿回礼物。”他脸上挂着可怕的微笑，继续说：“但是如果你们失败了……”

“会怎样？”弗兰克问。

“如果你们输了，我会把你们拴在我的雪橇上，让你们像雪橇犬一样拉我一整年！”

弗兰克看了看他的朋友们，查理下巴紧绷，脸色苍白。

“看看现在谁害怕了？”克兰普斯脸上露出令人讨厌的笑容，“我觉得你们肯定不会接受我的条件吧？所以说嘛，很多孩子都将度过一个悲惨的圣诞节……”

查理向弗兰克点头示意。

“我希望能打败他。”露易丝喃喃地说。

“不能让他毁掉圣诞节！”小麦说。

弗兰克转向他的朋友们，希望在大家心中澎湃，他们异口同声地说：“我们接受挑战！”

“太棒了。”克兰普斯抓起地上的一袋礼物，标签上写着“圣诞老人给查理的祝福”，他看着查理，撕开包装纸，拿出一副守门员手套，说：“啊，这正是我需要的！”

“别担心，查理。”弗兰克看着查理愤怒的脸说，“我们会拿回来的。”

克兰普斯一脚将球踢向弗兰克和他的朋友们，球正好落在他们脚下。

“开始吧！”

“应该不会太难，”弗兰克想，“毕竟四对一呢。”他跳到冰面上，立刻发现脚下出现了一条巨大的裂缝，紧接着裂缝向各个方向蔓延开去。

“哦，我忘了说了，冰很薄哦！”克兰普斯站在两根门柱之间说。

“快！在冰面破裂之前，赶快站好位置！”

露易丝、查理和小麦都爬上了冰面。刚才冰面破裂的地方已经开始向外溢水。

露易丝说：“我们不能冒险在冰面上踢球，你们想想，如果把球踢进水里，那我们不就输了吗？比赛就结束了。”

“我们可以的，尽可能轻地移动。”弗兰克提醒大家。

查理已经站稳，弗兰克轻轻将球搓给他。查理抓住球，但是脚下有点打滑，他的体重在冰面上造成了更多的裂缝，使得他一个人最后滞留在一小块冰岛上。这时远方传来了克兰普斯的笑声。

“把球传给我！”露易丝冲了出去。

查理用力把球扔给露易丝。露易丝跪在冰上用膝盖向前滑动，她身后的冰面也裂开了，但她设法用头接住球，将球顶向空中。足球带着强烈的旋转飞出，小麦追了上去。弗兰克则向球门方向奔跑，脚下的每一步都会让冰面形成更多的裂缝。眼看裂缝已经蔓延到身前，只见小麦追上去，用它的前腿将球踢向空中。足球高高飞起，小麦惊恐地尖叫起来，伴随着扑腾的水花掉进冰冷的水中。它呛了几口水，很快伸出头来，用力甩着身上的毛发，说："我……没事！弗兰克，快去接球！"

弗兰克听到克兰普斯又在大笑，前方的冰面上漫出一片冰水，整块冰瞬间分裂成了大小不一的冰块。他拿不到球，除非他跳过去，但是这要求他选择完美的启动时机。

他跑到冰块的边缘，跳了出去，落在下一块冰面上，落地时差点滑倒。脚下的冰块像冲浪板一样划过水面，足球正好朝他下坠而来。

"加油，弗兰克！"查理喊道。

弗兰克抬起一条腿，用力一脚凌空抽射，足球像离弦的箭一样飞向球门！

克兰普斯舒展身体，身姿优美地扑了出去，戴着查

理的手套，指尖几乎碰到了足球，但是足球呼啸着射入球门。

“好球！”露易丝说。

弗兰克从一块冰面跳到另一块冰面，直到他来到小麦面前。

此时，小麦还在与冰水抗争，疯狂地划动四肢。弗兰克捞起了这条实实在在的落水狗。

“比……比……邻……邻居家池子里的水要……冷多了！”小麦抖了抖身子，冰冷的水滴飞溅开来。

“你输了！”弗兰克对克兰普斯说。

“我不会把礼物交给你们的！”克兰普斯跺着蹄子喊，“我不会，不会，不会！”

“不，你会的。”一个声音从球门后面传来，一个身影走了出来。

“罗宾！”露易丝说。

弗兰克怒不可遏地说：“你在这里干什么？你背叛了我们，你和你的驯鹿让我们陷入了一场雪崩。”

罗宾低下头，好像凯文犯错时羞愧的样子，说："对不起，我选择了错误的一方。我本以为雪崩会把你们从小道上推出去，从来没有想过会有这么严重的后果。"

"等一下，"克兰普斯说，"抱歉打断一下，你好像忘了什么，罗伯特，在这儿我是你的老板！"

"他是罗宾。"查理说。

"弗兰克和他的朋友们让我明白了圣诞节的真正意义所在，我不可能坐视不管。他们勇敢、善良，而你却是一头如此卑鄙的老山羊！"

"我是克兰普斯！"他咆哮着，"我是冬天的使者！圣诞的毁灭者！幸福的惩罚者！"弗兰克可以看到他眼中的绝望。

"是是是，你都是。"露易丝和查理已经来到球门前，围着克兰普斯。弗兰克抱着小麦，从一块冰面跳到另一块冰面上，也来到跟前。

克兰普斯看着他们，脱下手套丢在地上，"没用的东西！"

“差劲的门将只会责怪他的手套！”查理说。

克兰普斯转过身，跑进了身后的隧道。

“总算走了。”小麦的身体还在剧烈地颤抖着，弗兰克看到它的皮毛开始形成细小的冰柱。

“来吧，”罗宾说，“后门入口处有一个雪橇，在那儿还有一条毯子。”

弗兰克开始把礼物往袋子里装。

“我们需要把这些带上。”大家都过来帮忙。

“很抱歉，我欺骗了你，”罗宾小声说，“克兰普斯答应给我一整年的礼物，我太贪婪。我应该懂得，如果这些礼物是用心送出的，它们就是特别的。”

“我理解你，”弗兰克说，“至少你现在回来帮我们了。”

所有礼物都装好了，弗兰克把袋子系好，准备离开。但令他吃惊的是，袋子很轻，甚至可以很轻松地拖动。

“圣诞魔法显灵了，”罗宾带领大家进入另一条隧

道，说，“你们觉得圣诞老人还能怎么送礼物？”

前方越来越亮，最后大家来到一只驯鹿拉着的雪橇前。

“谢天谢地，你们赢了。”驯鹿说。

“你一定是马拉多纳吧，”查理说，“当初你为什么背叛圣诞老人？”

驯鹿低下了头，说：“我厌倦了一直在其他驯鹿的后面。贝利总是答应让我升级，但这事儿从来没有发生在我身上。然后，克兰普斯答应我，我可以有自己的雪橇。但是没料到，我最后成为他一个人的驯鹿，拉着他到处跑。”

“你没有站在球门前，并不意味着你不是球队的重要组成部分。”露易丝说。弗兰克开心地笑了起来，他记得教练唐纳德对他说过同样的话。

“你拉得动我们这么多人吗？”弗兰克一边问，一边将麻袋装在雪橇上。

“上来吧！”马拉多纳眨了眨眼说。

第九章

立刻实现的愿望

马拉多纳拉着雪橇时而疾速滑行，时而突然猛扑，蹄子仿佛与地面擦出了火花。弗兰克抓紧缰绳，这可是命悬一线啊！这一幕虽然很吓人，但也有很多乐趣，就像坐过山车一样惊险又刺激。

他们先是从冰洞群顶端越过，又跨越了雪崩造成的大裂缝。

当他们回到圣诞老人的宫殿时，马拉多纳轻轻地向下探了探鼻子，雪橇立刻减速，最后平稳着陆。透过结霜的玻璃，宫殿看起来闪闪发光，门外整整齐齐地排着几个雪橇，每个雪橇都配备了几头驯鹿，感觉随时要出发的样子。精灵们正忙着将麻袋运上雪橇，不远处的长桌上摆放着热腾腾的饮料。

小麦裹着毯子躺在雪橇的后部，挑了挑眉梢，说：“我怎么闻到了棉花糖的味道？”说着，鼻子用力抽了抽。

弗兰克看到有许多的精灵在火上烤着什么东西，说：“没错。”

精灵们向弗兰克和他的朋友们冲了过去。“他们回来了！”一个年轻的小精灵喊道。

门突然开了，圣诞老人步履蹒跚地走了出来。这次他换上了由红白色装饰的传统圣诞服装，但奇怪的是他没有戴帽子。他的裤子看起来很宽松，一根黑色腰带系在他的腰上。

当精灵们看到雪橇上的麻袋时，爆发出热烈的掌声和欢呼声。

另外一群驯鹿从马厩里走出来，聚集在马拉多纳周围。“他应该说明一下情况。”露易丝对弗兰克耳语道。

弗兰克跳下雪橇，一群精灵冲上前去，把装满礼物的袋子收在一块。

“干得漂亮！”圣诞老人说，“一开始我还有点担心你们！”

“其实我也担心，”弗兰克说，“毕竟克兰普斯是一个很难对付的对手，这一点是肯定的。”

“为弗兰克的球队来点热巧克力和棉花糖吧！”一个精灵说道。

“我去拿。”罗宾冲到一张桌子旁。

圣诞老人笑着说：“喂，这么点东西就想打发人？他们的成就不止如此吧！许个圣诞愿望怎么样？”

“圣诞愿望？”查理一听，眼睛都亮了起来。

“想要什么给什么！你们拯救了那些疯狂迷恋足球

的孩子的圣诞节！”

弗兰克皱着眉头沉思着。

“等一等！”查理突然说，“大家一时半会儿也说不出来，因为人们总是不假思索地说出愚蠢的愿望，但实际上，他们真正想要的东西太多太多了……”

“我只希望我们可以回家！”在雪橇后部盖着毯子的小麦说，“我实在太……”话还没说完，雪白的风景消失了。

“……冷了！”

弗兰克望向四周，他们竟然回到了自己的卧室。外面黑漆漆的，闹钟指向早上6点钟，马上就要破晓了。

“哦，太好了！”查理说，“我刚才说什么圣诞愿望来着？”

弗兰克发现玻璃雪球再一次出现在他的窗台。雪花静静地飘落，透明的玻璃里面什么动静都没有。他突然觉得浑身酸痛。

“我们先休息会儿吧！”

小麦高兴地蜷缩在弗兰克床尾的被窝里，弗兰克脱掉外套，钻进被窝。查理和露易丝摘掉帽子和围巾，也钻进睡袋里。

查理在睡觉之前对小麦摇了摇头，弗兰克看到忍不住笑了出来。小麦夺走了查理的圣诞愿望，当然，这并不算什么。很快，许多其他的愿望将会实现。

第二天晚上，弗兰克在羽绒被里翻来覆去。每年的圣诞夜都差不多，但是这次圣诞夜他怎么都睡不着，不是因为过度兴奋，而是在回想在拉普兰德所发生的一切。

他想知道，查理和露易丝回到自己的家以后，是不是也在挣扎着入睡。

其他的一些事情也让弗兰克难以入眠。

驯鹿贝利曾经说过，因为魔法足球，他们追了过来，但是它到底在哪里？那天早上，露易丝和查理帮他在屋子里四处寻找，却怎么都找不到。凯文还是老样子，根本不会跟弗兰克讲他做了什么。

这时，弗兰克听到楼下传来声音，也许是小麦想吃桌上的碎肉馅饼吧。他翻过身，闭上眼睛。

不知从哪里冒出另外一个声音，有人在嘟哝着什么，听起来好像某个人特别难受。

弗兰克爬下床，蹑手蹑脚地走到卧室门前。他每一步都特别小心，试图不发出任何声音。在过道里，只能听到爸爸的呼噜声，凯文卧室的门也关上了。

“声音是从楼下传来的。”弗兰克心想。他轻轻走下楼梯，来到客厅。挂满灯泡的圣诞树在闪闪发光，小麦站在壁炉旁，脊背的毛发全都竖了起来。

“怎么了，小麦？”

小麦用鼻子指了指壁炉的炉膛。

两只靴子掉进了灰烬里，一团烟灰向上飘荡起来。圣诞老人一手拎着一个袋子，从壁炉里爬了出来。令人惊奇的是，他身上竟然奇迹般的没有一粒灰尘！

“再一次问候！”圣诞老人跟弗兰克打了个招呼。

“嘘！”弗兰克将手指按在嘴唇上，不安地回头看了一眼卧室门，“我的家人都睡着了。”

“啊，没错，你说得对。不过从你们家的烟囱爬进来真的好难，因为这个卡住了。”圣诞老人从身后拿出一个黑乎乎的圆形物体，看起来有点瘪。

“魔法足球！”他在想到底发生了什么——一定是凯文把球踢到了房顶上，足球又从房顶的烟囱里掉了进来。

圣诞老人打开袋子，拿出几个礼物放在客厅角落的圣诞树下。其中一个看起来装着一双足球鞋。

“我要赶紧走了，去叫查理和露易丝来拿礼物！圣诞快乐！”圣诞老人对弗兰克笑着说，“谢谢你做的一切。”

“谢谢你才是。”弗兰克犹豫了一下，问了一个一直困扰着他的问题，“克兰普斯最后怎么样了？”要知道，圣诞老人的对手依然藏在拉普兰德的某个地方。

圣诞老人摇了摇头，一只手搭在他肩上，说：“别担心，马拉多纳对自己所做的事情感到很内疚，它决

定把克兰普斯带走，所以以后他再也没有机会破坏我们的圣诞节了。”

圣诞老人正要转身回到烟囱里，突然发现了桌上的馅饼。

他把馅饼抓起来，然后拍了拍肚子，说：“最好不吃了吧。”说完他把馅饼递给了小麦，小麦怎么可能放过这个机会，它死死咬住，几乎没有咀嚼，一口吞了下去。

弗兰克还没弄清楚小麦是怎么做到的，圣诞老人转身就要离开。这时门开了，凯文揉着眼睛走了出来，头发蓬乱，发丝朝各个方向立起来。“吵什么吵啊，弗兰克？”突然，他瞪大了眼睛，因为有两条腿正在壁炉口摇晃着，“啊！那是什么？”

“小声点。”弗兰克提醒他。

“我们家被抢劫了！”凯文大叫起来，“快点打电话给警察！”

“我们家没有被抢劫，”弗兰克说，“那是圣诞老人。”不过圣诞老人似乎在爬出去的过程中遇到了麻

烦，靴子在空中摆来摆去。

脚步声从楼梯上传来，弗兰克惊慌失措，他该怎么解释这一切？

爸爸妈妈穿着睡衣走了下来。

“孩子们，这么晚了，”爸爸说，“你们两个都给我躺回床上去！”

“但是，”凯文指着壁炉里晃动的靴子，“圣诞……”

弗兰克看了一眼壁炉，靴子神奇地消失了！

爸爸的眼珠转了又转，说：“拜托，凯文，你都多大了，还和你弟弟一起讲故事呢？”

弗兰克大笑着说：“是啊，别傻了，凯文，谁信有圣诞老人啊？你之前不是说过么，这都是骗小孩子的。”

后来，当他经过愁眉苦脸的哥哥上楼睡觉时，听见妈妈说：“快看，约翰！圣诞礼物！这都是布伦达阿姨送的吗？”

“我也不知道，”爸爸说，“都给我回到床上去。”

弗兰克想到圣诞树下的新足球鞋，开心得合不拢嘴。他已经迫不及待地想上脚试试，穿着它和朋友们一起去公园踢球了。

而且，魔法足球也回来了。

这将是他过的最棒的一个圣诞节！

足球就是这样富有魅力的一项运动。在这个星球上，不管你走到哪里，都能看到踢球者的身影。你不需要攒钱购买多么昂贵的装备，不需要租一块专业足球场地，也不需要提前约好一帮要好的朋友，你需要做的只是准备一个可以在地上滚动的足球。一旦足球滚动起来，整个世界都为之旋转。那么，从今天开始，超级弗兰克，也就是你们眼前这位英俊帅气的男孩，将会正式成为你们的足球老师，为你们开讲一期又一期足球大课堂。我的课程一共15期，每堂课你们都要跟着我学习足球知识和足球技巧。我还会送给你们神秘的小锦囊，这些小锦囊可是超级弗兰克的传家宝，不到关键时刻不能打开偷看哦！什么，等不及了？好啦，弗兰克足球大课堂，现在，开！讲！啦！

FOOTBALL

足球知识

沙滩足球

沙滩足球是足球运动的重要组成部分，是一项很有特色的休闲类运动项目。比赛双方各由 5 名队员组成，每场比赛有 3 个小节，每小节比赛 12 分钟。与传统足球不同，沙滩足球必须在沙滩上完成比赛，由于人数相对较少，场面会更加激烈，也更具观赏性。

街头足球

街头足球简称街足、街球，是一种充分展现个人技巧的足球玩法。街头足球在全球各地都很受欢迎，南美人把街头足球极富灵性的特点发挥到了极致。由于街头足球娱乐性强、自由度大、对战术要求较低，因此无论你从事什么职业、年龄多大，都可以参与到这项运动中去。

花式足球

花式足球，顾名思义，是以表演为目的的一种足球表现形式。花式足球爱好者会用极其敏捷、高难度的动作让足球成为一种有趣的表演。它属于街头足球的一种，街头足球与花式足球的区别在于前者更偏重真枪实弹的拼搏，目的是为了进球和取得胜利。很多时候，花式足球高手在真实比赛中并不能将花式足球的特色展现出来，但是这并不妨碍很多球星在比赛之余，也会找机会秀一把。

FOOTBALL

足球技巧

假摔

假摔是足球运动中经常见到的一种体育现象。在激烈对抗中，一名球员在对方球员的干扰或冲撞下，选择顺势倒下，而非自然犯规，这样的行为叫作假摔。因为假摔本质上带有欺骗性，在球场内外为人所唾弃，被视为一种不道德的体育竞技行为。然而，因为假摔具有很强的隐蔽性，很多时候假摔成功会造成误判。

但一旦被裁判的法眼看穿，假摔球员不仅不能得逞，还会吃到黄牌。

人球分过

人球分过，是指在快速带球推进过程中，本方球员受到对方球员的阻截，选择用脚背将球先踢向一边，同时身体高速从对方球员另一侧绕过，接球后继续推进的过程。这一动作的核心在于时机的把握。本方球员面对防守，一定要快速出脚并快速过人，在对方重心未稳的时候完成整套动作。

守门员出击

在球场上，为了保证大门不失，守门员在必要的时候可以选择出击。守门员出击是一种决策，在正确的时间和地点出击会起到解围或者拦截对方进攻的作用，但是一旦出击失误，球门将面临无人把守的窘境，丢球在所难免。守门员出击对一名守门员来说具有极大难度，谨慎之余，还要克服心理障碍，坚决果断地处理球。

足球锦囊

古有诸葛亮赐给赵云 3 个锦囊，拯救了刘备。如今，超级弗兰克在足球场上游刃有余的同时，口袋里可塞了不少锦囊妙计。不卖关子了，让超级弗兰克给你抖出 3 个足球锦囊看看，接着！

赛前一定要熟悉对手

每场比赛前，我们都要认真研究对手。研究的方法有看对方比赛录像，研究对方的比赛数据、战术和球员特点。摸透对方的信息，有针对性地制订策略在足球比赛中非常重要。作为足球爱好者，我们可以通过提前观看对方球队的比赛，看准对方打法，发现对方软肋，做出必要的调整。足球不只是一门体育运动，更是一门科学。

必要时大吼

球场上瞬息万变，作为一个团队，球队中的每一名球员都要严于律己，按照教练安排的打法踢球。由于大部分情况下，球场内的噪音十分严重，球场上球员之间需要用大声吼叫来进行沟通。这里的大声吼叫只是为了传达信息，让队友第一时间获取球队变化的消息，从而帮助球队。不过要注意，大声吼叫并不是为了发泄自己的情绪，弗兰克老师并不提倡大家因为发脾气而在球场上大吼大叫。

一个人怎么练球

很多人说，踢足球对场地和人员要求都很高。但是对于非专业球员来说，我们可以选择在家里或者在一片空地上练球。很多球星小时候都是对着一面墙，将球踢过去，再反弹回来，就这样反复训练；也有的人会在狭小的空间内练习颠球，这也是不错的训练方法；还有的人练习难度较高的单人综合训练，如练习接高球、假动作等。

致谢

感谢利特尔 & 布朗图书集团；感谢尼尔·布莱尔、佐伊·金、丹尼尔·特维尔斯以及其他布莱尔合作出版公司的员工；感谢路艾拉·怀特，是她让小说中的人物鲜活起来；特别要感谢迈克尔·福特，感谢他贡献了智慧和耐心；还要感谢我的好朋友斯蒂夫·卡特纳，感谢他在图书以及其他方面所提供的帮助和指导。

游戏规则

1. 洗牌，摸牌。
2. 玩家用自己摸到的卡牌组建球队，每 4 张卡牌组成一支球队；玩家也可自行约定每支球队的卡牌数。
3. 玩家自行决定谁先“开球”（即出第一张牌），后出牌者选出一名队员进行阻截，阻截是否成功取决于双方球员的能力值（力量、技术、体能、速度、斗志）。玩家自行约定比较哪一项数值，数值高者获胜，并继续与对方的下一名球员进行对决。
4. 玩家手中的最后一张卡牌，即为守门员，如用于比较的能力值低于对方的球员，则球进，反之则守门成功。无论球进或不进，第一轮进攻到此结束，由守门员“开球”，开始第二轮进攻（注：每一轮进攻中，每位球员的某项能力值只能使用一次）。
5. 每场比赛有 5 轮进攻，即双方进攻的轮数总和是 5 轮；玩家也可自行约定进攻轮数。
6. 比赛完毕后，记录下每支球队的成员和战绩。

Frankie's Magic Football

球衣8号

兰帕德少年足球小说系列

第一辑

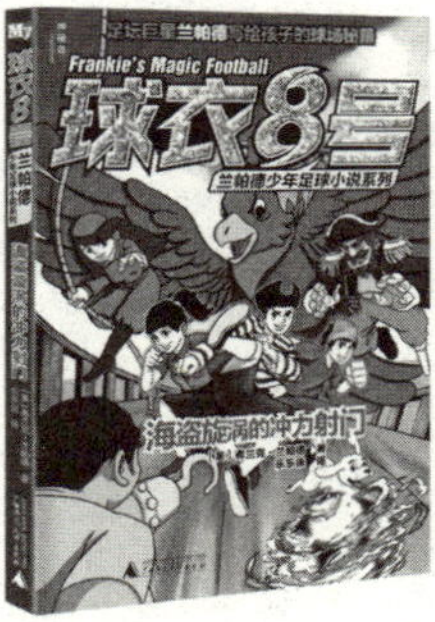

《海盗旋涡的冲力射门》

《角斗战场的地下怒吼》

《骑士城堡的宿命对决》

《法老密道的限时反击》

《牛仔小镇的点射绝杀》